Federsel / Daucher · Sie können die Sonne nicht verhaften

Rupert Federsel · Helmut Daucher

# Sie können
# die Sonne nicht verhaften

Weishaupt Verlag · Graz

ISBN 3-900310-77-7
1. Auflage 1990
Copyright © by Herbert Weishaupt Verlag, Postfach 29, A-8047 Graz,
Telefon (0 316) 30 23 60 und (0 31 51) 84 87.
Sämtliche Rechte der Verbreitung – in jeglicher Form und Technik – sind vorbehalten.
Gesamtherstellung: Druck und Verlagshaus M. Theiss, A-9400 Wolfsberg.
Printed in Austria.

# Inhalt

*Rupert Federsel:* Wie es dazu kam .................................... 7
*Robert Jungk:* Die Sonne – Symbol des Lebens ................... 8
*Hans A. Pestalozzi:* Wenn einer Mensch wird ..................... 9

Born to be free ........................................................ 11
Mein Gebet ............................................................ 13
Freiheit für Gott ..................................................... 15
Wärme im Winter ................................................... 16
Bolivianische Hoffnung .......................................... 19
Vergebung ............................................................. 20
Vergiß die schönen Tage nicht ............................... 22
Ich wünsch dir einen Menschen .............................. 24
Liebe ohne Angst ................................................... 27
Das Lächeln des Frühlings ..................................... 29
Ehe die Bomben fielen ............................................ 30
Nach dem Krieg ..................................................... 32
Die Angst vor der Freiheit ...................................... 34
Feindesliebe ........................................................... 35
Liebe ist ................................................................. 37
Schuldig! ................................................................ 43
Jenseits der Worte .................................................. 44
Magnificat .............................................................. 47
Weihnachten .......................................................... 48
Die Kinder von Mexiko .......................................... 51
Südamerika-Solidarität? ......................................... 52
Solange ein Mensch Hunger hat ............................. 54
Das letzte Abendmahl ............................................ 56
Petrus ..................................................................... 57
Festgenagelt ........................................................... 59
Bergpredigt, Mt. 5 .................................................. 60
Ich glaube .............................................................. 62
Ohne Widerstand gibt es keinen Glauben .............. 65
Schafft die Tränen der Kinder ab! .......................... 67
Nur ein spielendes Kind ......................................... 68
Noch nie ................................................................ 70
Was ist Fortschritt? ................................................ 72
Eingeklemmt ......................................................... 75
Kalte Kirchen ........................................................ 77
DIE EINEN & DIE ANDEREN ............................. 78
Das Alibi ............................................................... 81
Bis ich einen traf ................................................... 83
Alles für die Katz' ................................................. 84
Die Entwicklungshelfer ......................................... 86

| | |
|---|---:|
| Achtung Diebstahl! | 90 |
| Ihr könnt euch doch nicht alles nehmen | 92 |
| Mein Arbeitstag | 95 |
| Das Fest der Träume | 97 |
| Am nächsten Morgen | 98 |
| Das schwarze Gebet | 100 |
| Die Lunge brennt | 103 |
| Wenn es erlaubt ist, zu fragen | 105 |
| Geh und spiel mit den Kindern! | 106 |
| Matthäus 25 | 108 |
| Selig (frei nach Matthäus 5, 3–12) | 110 |
| Ihr seid das Salz der Erde | 112 |
| Ihr seid das Licht der Welt | 114 |
| Kein Bett | 117 |
| Sehnsucht | 119 |
| Was ist obszön? | 120 |
| Was ist pervers? | 122 |
| Gehorsam bis zum Tod (ja bis zum Tod an der Mauer) | 127 |
| Der Bewußtlose | 129 |
| Keine Zeit? | 130 |
| …dann geh' in die Ferne | 132 |
| Das Bild meiner Sehnsucht | 134 |
| Verbotene Liebe? | 136 |
| …liebe ich dich | 138 |
| Laßt die Liebe Gottes Mensch werden | 141 |
| Zuneigung | 142 |
| Mutterliebe | 144 |
| Reisefieber | 146 |
| Der Schrei | 147 |
| Ich hätte so gerne JA gesagt | 149 |
| Die Rache | 150 |
| Mörder und Umgebung | 151 |
| Menschwerdung verboten | 152 |
| Gesprengte Ketten | 155 |
| Die Wendehälse | 157 |
| Hosianna-Gedanken | 158 |
| Auferstehung | 164 |
| Ostern | 167 |
| Stachelige Welt | 169 |
| Guten Morgen AFRIKA | 170 |
| ÖOV-Österreicher ohne Verantwortung | 172 |
| Sokrates | 173 |
| Johannesburg | 175 |
| Die Übergabe | 176 |

# Wie es dazu kam

Es war 1973. Ich kam nach der Priesterweihe als Kaplan nach Steyr in Oberösterreich. Da ersuchte mich mein Pfarrer, in der »Steyrer Zeitung« doch die »Sonntagsgedanken« zu schreiben. – Schreiben machte mir Spaß.
Ich schrieb Gedichte, Kurzgeschichten und Kommentare zum Sonntagsevangelium; allmählich auch in anderen Zeitschriften. In den vergangenen siebzehn Jahren hatte sich einiges angesammelt, kunterbunt und zu den verschiedensten Themen.

Einige Freunde begannen die Gedichte zu sammeln und sie drängten mich, doch ein Buch herauszugeben. – Da ist es nun.
Zwei von ihnen möchte ich dankbar erwähnen:
Stefanie Ahrer hat die Texte gesammelt, geschrieben und so den Anfang zu diesem Buch gemacht.
Helmut Daucher hat es mit Bildern versehen.

Der Stoff, aus dem die Texte sind, das sind meine und die Erfahrungen der Menschen, die mit mir auf dem Weg waren und sind;

*ihre Hoffnungen und ihre Ängste*
*ihre Träume und ihre Visionen*
*ihr Zorn über Gesellschaft und Welt*
*unsere unbedingte Liebe zum Leben*
*und das Engagement für eine bessere Welt*
*zum Leben für alle.*

Alles entstand aus Liebe zum Leben.

*Rupert Federsel*

# Die Sonne – Symbol des Lebens

»*Sie können die Sonne nicht verhaften*«, und sie können sie auch nicht in Besitz nehmen. Sie ist das wichtigste »Stück Natur« – sie gehört uns allen.

Jeden Tag steigt sie aus dem Dunkeln auf: **sie ist Symbol des Lebens, Quelle der Kraft und der Hoffnung,** auch für die viel zu vielen, die resignieren wollen.

Gedichte und Bilder können auf besonders eindrucksvolle Weise zeigen, wie mutige Persönlichkeiten ihre kritische Beobachtungsgabe und schöpferische Phantasie all jenen entgegenhalten, die aktiv oder passiv an der Zerstörung der einzigartigen göttlichen Schöpfung mitschuldig werden.

***Jeder, der sich heute in unseren entscheidenden Jahren bemüht, nie wieder Gutzumachendes zu verhindern, muß für Tausende andere sprechen und handeln, die zwar ähnlich denken, aber als Abhängige es nicht wagen, sich den Mächten des Untergangs zu verweigern. Deshalb sind Publikationen wie diese so besonders wichtig.*** Aus ihnen spricht stellvertretend die Stimme der Kreatur, die nicht mehr schweigen kann, meldet sich ein Verantwortungssinn, der über die Gegenwart hinaus Milliarden von Ungeborenen verteidigt, und eine gute Zukunft für sie vorbereiten will.

Ich wünsche allen Lebens- und Überlebensrettern, die sich uneigennützig für die Schöpfung einsetzen, vor allem Beharrlichkeit. Denn ihre Bemühungen werden nicht sofort von sichtbarem Erfolg gekrönt sein. Dennoch werden sie Wirkung zeigen **und man wird einmal rückblickend konstatieren: als schon fast alles verloren schien, haben ein paar Empfindlichere und Weitsichtigere nicht aufgegeben.** Gehören Sie, gehörst Du, lieber Leser, schon zu ihnen?

**Robert Jungk**

# Wenn einer Mensch wird...

Was macht ein Pfarrer, der feststellen muß, daß 2000 Jahre Christentum nichts, aber auch gar nichts gebracht haben?
Soll er resignieren?
Oder soll er gar rumzusaufen und rumzuhuren beginnen und seine Mitmenschen belügen oder bestehlen?
Er lebt doch sein Leben nicht, damit »es etwas bringt«. Seine Art zu leben entspricht seiner Überzeugung, seinem Bewußtsein, seinem Glauben, seiner Einstellung dem Mitmenschen und der ganzen Schöpfung gegenüber. Es ist das Leben des selbstbewußten, selbstbestimmten Menschen, der weiß, daß »**sie die Sonne nicht verhaften und seine Träume nicht verbieten können**«.
Es ist ein Leben, das auf Liebe und Hoffnung aufbaut. Liebe und Hoffnung aber nicht im Sinne der heute so hochgelobten neuen Innerlichkeit. Sie ist Bequemlichkeit, Feigheit oder Dummheit. Nein, Liebe und Hoffnung als kompromißloser Widerstand gegen »die krummen Hunde von Pharisäern«, gegen all unsere »Politgangster«, gegen die »Alleswisser« unserer Verdummungsmaschinerien, gegen die »Schlangenbrut« und das ganze »Natterngezücht« unserer Zeit.

Liebe und Hoffnung als tiefer Glaube an die Einmaligkeit jedes Menschen,
an seine Bereitschaft und Fähigkeit,
ganz er selber zu sein,
in sich selber zu horchen und seiner inneren Stimme zu folgen,
seine Menschlichkeit zutiefst und ehrlich zu leben,
nicht in die Schablonen des Systems zu passen,
Ruhestörer sein zu wollen.

»**Wenn einer Mensch wird durch und durch,
dann ist er Gottes Sohn und unberechenbar.**«

Liebe und Hoffnung als grenzenlos Ja zu
deinem Lächeln,
deiner Zärtlichkeit,
deiner Wärme,
deinen Flügeln,
deinen Händen,
deinem Himmel.

Ich fühle mich Rupert Federsel zutiefst verbunden. Das konkrete Gemeinsame ist zur Zeit unser Einsatz gegen unsere Armeen und Heere, die nur uns selber bedrohen, gegen das Prinzip Militär ganz allgemein, das junge Männer zu Mördern dressiert und Feindschaft, Haß, Zerstörung sät.
Wir wissen uns aber auch einig in der Überzeugung, daß Militär letztlich ein Symptom einer Gesellschaft und Wirtschaft ist, in der »**menschliche Grundbedürfnisse am sogenannten freien Markt gehandelt werden (müssen) wie Schuhe, Cola und Bier**«.
Wir fühlen uns aber auch einig in der Ablehnung des Gottes der Mächtigen,
der für uns Götze zu sein hat,
einig im Glauben an jeden Menschen und seinen eigenen, ganz persönlichen Gott.

*Hans A. Pestalozzi*

# Born to be free

Laßt eure Träume
Pingpong spielen
und eure Sehnsucht
in den Himmel flattern.

Sprecht eure Gefühle
von der Anklage frei
und entfesselt eure Visionen
aus den Kellern der Angst.

Eure Freiheit wird auch die anderen
zur Entscheidung rufen.

Die einen werden an dir kleben
wie die Kletten am Pelz
und die anderen wollen dir diesen
über die Ohren ziehen.

Dann geh' mitten durch sie hinweg,
hinaus zu den Quellen des Lebens,
hinein in die ewige Stille.

Dort findest du Frieden und Freiheit,
dort findest du Gott und dich selbst.

# Mein Gebet

Mein Gebet ist der Widerstand
gegen eine banale
Bedürfnisbefriedigungsgesellschaft,
gegen die Vermarktung
meiner Seele,
eine tiefmenschliche Rückbindung
an jenes Geheimnis,
aus dem der Mensch kommt.

Es ist die Sehnsucht
der Propheten
nach dem klassenlosen
Reich Gottes.

Meine Bitte an Gott
ist die Rebellion
der Ohnmächtigen
und ein Schrei
nach weltweiter Gerechtigkeit
für soviel
ungesühnte Leiden
in einer feier-
und trauerlosen
Leistungsgesellschaft.

Mein Gebet hat Geschichte
als der älteste Kampf
des Menschen
um seine Identität
im Angesichte höchster Gefahr
und vor dem allmächtigen
Geheimnis
GOTT.

# Freiheit für Gott

Nach seinem Bild
und Gleichnis
schuf er sie,
die Menschen –
oder wer
schuf da
wen?

Schuf nicht der Mensch
sein Gottesbild,
um es dann
für Gott
zu halten?

Wer eine Aussage
über Gott macht,
redet eigentlich
über die Menschen –
über sich selbst –
über seine Sehnsucht.

Wer Gott
auch wirklich
Gott sein läßt,
der schweigt
und staunt,
der betet
und wundert sich.

Die alten Propheten
haben Gott
nicht beschrieben,
sie forderten:
seinen Willen
zu tun.

»Laß los,
den du gebunden,
laß frei,
wen du beschwerst,
gib her,
was andere
brauchen,
brich dein Brot
den Hungrigen,
führe in dein Haus
den Obdachlosen,
dem Nackten
gib dein Kleid.«

Laß Gott
wieder Gott sein!
Gebt ihm
seine Freiheit zurück!
Lange genug
war er der Götze
unserer Vorstellungen.

# Wärme im Winter

Mir ist kalt –
Sie haben die Sonne verdunkelt.

Ich friere –
Sie haben die Liebe vermarktet.

Ich habe Angst –
Sie wollen die Erde vernichten.

Sie haben so viele Bomben für mich.
Sie haben so viele Waffen für dich.
Sie haben so viele Soldaten für mich.
Da sagst du plötzlich eines Abends:
»Ich habe so viel Zärtlichkeit für dich.«

Sie haben so viel Einsamkeit für mich.
Sie haben so viel Hunger für dich.
Sie haben so viel Verachtung für mich.
Und plötzlich lächelst du und sagst:
»Ich habe so viel Zärtlichkeit für dich.«

Sie haben so viele Schlagworte für mich.
Sie haben so viele Stichworte für dich.
Sie haben so viel Unwahrheit für mich.
Ich aber fühle jenseits meiner Worte:
»Ich habe so viel Zärtlichkeit für dich.«

Indio in Chichicastenango, Guatemala

# Bolivianische Hoffnung

Auch wenn sie Mario verhaftet haben
und dich Roberto ermordet –
machbar ist nur der kurze Tod.
Unser Leben wird stärker sein!
Sie können die Sonne nicht verhaften.
Sie scheint!
Sie können die Freiheit nicht foltern.
Sie lebt!
Sie können die Blumen nicht verbieten.
Sie blühen!
Sie können den Widerstand nicht begraben.
Er steht auf!
Sie können den Frühling nicht erschießen.
Er kommt wieder!
Sie können die Erinnerung nicht töten.
Sie bleibt!

# Vergebung

Ich habe dich tödlich beleidigt
ich wollte dich nie wieder sehen
ich wünschte dir Tod und Verderben
der Teufel sollte dich holen.

Doch du hast mir alles verziehen
und niemals warst du mir böse
wie kannst du mich lieben
wenn ich dich nicht mag?

Ich hab' dich gehaßt
das machte mich tot
deine Liebe war stärker
als mein eigenes Grab.

Weil du mir vergeben
vergab ich mir selbst
uns're Liebe ist größer
als Teufel und Tod.

# Vergiß die schönen Tage nicht

Wenn du müde bist
und ohne Freude
wenn die vertrauten Worte
ihren Klang verweigern
dann vergiß die schönen Tage nicht
sie geben dir Heimat und Hoffnung

Wenn du dich verlassen fühlst
weil sie dein Vertrauen mißbraucht haben
wenn es dunkel wird
und kein Licht sich mehr zeigt
dann vergiß die schönen Tage nicht
sie warten auf den Kuß deiner Erinnerung

Draußen ist es schon hell
nur deine Vorhänge hast du noch zu
denk an die glücklichen Stunden am Meer
an den Spaß im silbernen Schnee
und vergiß die schönen Tage nicht
du befreist sie hinter Gittern des Vergessens

Wenn du blätterst in dem Album deines Lebens
und die Blumen in dir selber wieder blüh'n
dann vergiß die schönen Tage niemals mehr
so kommen sicher wieder neue, schöne Tage
du wirst sehen, dir wird geschehen
wie du geglaubt hast

# Ich wünsche dir einen Menschen...

dem du vertrauen kannst
und der dir sagt
was er fühlt und denkt
der dir Sicherheit gibt und Vertrauen
einen Menschen
bei dem du dich geborgen fühlen kannst
was immer geschieht.

Ich wünsche dir einen Menschen
vor dem du dich nicht verstecken mußt
und der vor dir nicht Verstecken spielt
wo du sein kannst, wie du bist
mit Freuden und mit Fehlern
mit Lachen und mit deinen Tränen.

Ich wünsche dir einen Menschen
dem du die Wahrheit sagen kannst
deine eigene Wahrheit
und der diese deine Wahrheit liebt
und mit dir daran glaubt,
daß eure Wahrheit euch frei machen wird.

Ich wünsche dir einen Menschen
vor dem du dich nicht dauernd verteidigen mußt
der dich nicht in ein fixes Bild pressen will
der dir Veränderung zugesteht
und dich sein läßt wie du bist.

Ich wünsche dir einen Menschen
in dessen Nähe du ganz du selber sein kannst
und der dir hilft auf deinem Weg
ein immer besserer Mensch zu werden.

Ich wünsche dir einen Menschen
der dir vergeben und der vergessen kann
der sich entschuldigen kann
wenn er einen Fehler gemacht hat.
Der nach einem Streit
dir die Hand zur Versöhnung wieder reicht
und den ersten Schritt zu dir macht.

Ich wünsche dir einen Menschen
der an Gott glaubt:
mit dir gemeinsam
an den Gott der Liebe
bei dem du dich geborgen fühlen kannst
und getragen
auch in schweren Tagen.

Dieser Gott soll für euch
liebende und bergende Heimat sein.

Ich wünsche dir einen Menschen
der dich wirklich liebt:
nicht obwohl
und nicht deshalb
nicht trotzdem und auch nicht weil
sondern
ohne wenn und aber
einfach dich
wie du bist.

Ich wünsche dir einen Menschen
der das Leben liebt
und dich
weil du lebst
und solange du lebst.

# Liebe ohne Angst

Weil er Angst hat,
schlägt er um sich.
Weil er unsicher ist,
wird er aggressiv.
Weil er sich schuldig fühlt,
beschimpft er dich.
Eigentlich
ist er schrecklich einsam.
Seine Schuld schreit um Hilfe.
Seine Angst ruft nach Liebe.
Das Verwundete braucht deine Sorge,
die Verleumdung deine Wahrheit.
Der Zorn braucht deine Gelassenheit
und die Schuld deine Vergebung.
Der Haß braucht deine Zärtlichkeit
und die Angst deine Liebe.
Wahre Liebe
kennt keine Angst.

# Das Lächeln des Frühlings

*Bleibst du vor einem Blütenzweig noch stehen,*
*und pocht dein Herz noch, wenn die Amsel singt?*
*Hörst du die Melodie des Schmetterlings im Flug?*
*Du hörst sie? Ja? – Dann liebst du noch, mein Freund.*

*Kannst du noch einen ganzen Tag verträumen,*
*bis dann der Abendwind in deinen Haaren spielt?*
*Ahnst du, wozu die bunten Blumen blüh'n?*
*Du ahnst es? Ja? – Dann liebst du noch, mein Kind.*

*Wirst du ihr zuhör'n, wenn die Biene für dich summt?*
*Verstehst du die Musik des zarten Frühlings?*
*Du möchtest all dies mit den andern teilen?*
*Du teilst es? Ja? – Dann liebst du, Bruder Mensch.*

*Fühlst du das Spiel der Sonne im Gesicht,*
*der Frühling lächelt lautlos, spürst du es?*
*Das Lächeln ist die Sprache seiner Seele.*
*Du lächelst? Ja? – Dann liebst du noch, du Mensch.*

# Ehe die Bomben fielen

Ehe die Rakete startete
wurde der Countdown
geplant.
Habt ihr das
Ticken der Uhren
nicht vernommen?

Ehe der Krieg begann
hatte der Mensch
den Menschen
verachtet.
Habt ihr das
nicht gemerkt?

Ehe die Bomben fielen
wurde Kindern
ins Gesicht geschlagen.
Habt ihr das
niemals gesehen?

Ehe die Ehe zerbrach
wollte der Mensch
mehr haben als sein.
Habt ihr das
nicht beachtet?

Ehe der Mann
sich sinnlos betrank
war er verzweifelt
und einsam.
Habt ihr darüber
mit ihm nie
gesprochen?

Ehe der Junge
Selbstmord beging
rief er seit Jahren
wortlos um Hilfe.
Habt ihr sein Rufen
nicht verstanden?

Ehe Millionen
vergast wurden
hatte Kain seinen
Bruder beseitigt.
Was machst du
Mensch
mit deinem Kain
in dir?

Ehe Gott diese Welt erlöst
sollt ihr Sicheln und Schwerter
in Pflüge verwandeln.
Habt ihr die Worte
der Bibel vergessen?

Ehe alles stattfindet
wird es schweigend
gewollt und geplant.
Hörst du das heimliche Rufen
in dir?

# Nach dem Krieg

Es war an einem Vormittag
im überfüllten Supermarkt.
Ein junger Mann lief Amok.
Mit einem Schnellfeuergewehr
schoß er ein Dutzend Menschen tot,
so wie er es gelernt hatte.

»Sie dürfen doch
keinen Menschen
töten!«
sagte der Richter
und gab ihm
lebenslänglich.

»Seit wann denn?«
sagte der Soldat.

## Die Angst vor der Freiheit

*Jesus von Nazareth*
*King von Alabama*
*Gandhi und Romero*
*Chico Mendes und all die anderen*

*immer wenn wir einem von ihnen begegnen*
*einem, der wirklich frei ist*
*dann schlagen wir ihn tot*
*mit der Kraft des Mißtrauens*
*und aus Angst, erkannt zu werden*
*wir könnten in den Höhlen unserer Angst*
*nicht mehr »sicher« sein*

# *Feindesliebe*

*Liebe deine Feinde,
aber beeile dich,
denn wenn du
sie wirklich liebst,
wirst du bald
keine Feinde mehr haben.*

Mahatma Gandhi, Poona, Südindien

# Liebe ist...

die Mächtigen
vom Thron zu stürzen
und die Kleinen
aus dem Staub
zu heben   (Lk. 1, 42)

mit dem Teufel
in die Wüste zu gehen
und trotzdem der
Versuchung
zur Macht
zu widerstehen   (Lk. 4, 1)

mit Arbeitern
durch das Land zu wandern
und ihnen
das Reich Gottes
anzuvertrauen   (Mt. 4, 18)

seine Feinde zu lieben
und für
seine Verfolger
um Einsicht
zu beten   (Mt. 5, 43)

die reichen Spender
Heuchler zu nennen
und sie
in die Hölle
zu schicken   (Mt. 6, 1)

den Tempel
durcheinander zu wirbeln
und das Geld der Bankiers
auf den Boden
zu werfen   (Mk. 11, 15)

den Militärs
und Folterknechten
zu vergeben:
»denn sie wissen nicht,
was sie tun«   (Lk. 23, 34)

dem Verlorenen nachzugehen
und die Stallschafe
einstweilen
alleine
zu lassen   (Lk. 15, 3)

den Splitter im Auge
des Bruders
zu vergessen
und den eigenen Balken
zu sehen   (Lk. 6, 41)

am Tisch des Pharisäers
vor den Augen
der Heuchler
der Sünderin
ihre Schuld
zu vergeben   (Lk. 7, 36)

# Liebe ist...

zu den Armen zu gehen
und alles verlassen
auch wenn
die Eltern sagen
»jetzt ist er deppert«   (Mk. 3, 20)

immer wieder
gute Worte zu säen
auf steinigem Boden
unter Dornen und
auf fruchtbarer Erde   (Mt. 13, 1)

im kleinen Boot
bei den Fischern
vor Müdigkeit
ganz einfach
einzuschlafen   (Mt. 8, 23)

zu den Arbeitern
zu sagen:
»Kommt her zu mir,
ihr guten Kerle,
und ruht ein wenig aus«   (Mk. 6, 30)

den Hungrigen
nicht wegzuschicken
sondern Brot und Fisch
dieser Welt
mit ihm zu teilen   (Joh. 6, 1)

den Mächtigen
zu sagen:
»Ihr stinkenden Gräber,
Ihr Schlangenbrut,
Ihr Natterngezücht«   (Mt. 23, 33)

den Oberpriestern
ein Zeichen verweigern
und sie
auf der Straße
stehen lassen   (Mk. 8, 11)

das Leid anzunehmen
und den leidscheuen
Petrus
einen Teufel
zu nennen   (Lk. 9, 22)

von den Menschen
eine Entscheidung
zu verlangen
entweder Gott
oder Geld   (Mt. 6, 24)

schöne Worte
zurückzuweisen
und an den Taten
den Glauben
erkennen   (Lk. 6, 46)

# Liebe ist...

mit Sündern
zu speisen
und Pharisäer
krumme Hunde
nennen   (Mk. 2, 15)

den Menschen
reinen Wein einzuschenken
und sie
vor Politgangstern
warnen   (Mt. 10, 17)

Vater und Sohn
Mutter und Tochter
zu entzweien
wenn die Liebe zur Wahrheit
es so will   (Lk. 12, 53)

sein Leben
hinzugeben
für andere
und nicht festkrallen
für sich   (Mt. 10, 37)

ganze Städte
in die Hölle schleudern
wenn der Luxus
ihre Herzen
verhärtet   (Mt. 11, 20)

jenen Gott
zu preisen
der die Analphabeten
den Alleswissern
vorzieht   (Lk. 10, 21)

am Sabbat
durch die Felder zu gehen
um die Früchte zu sammeln
und Gebot
Gebot sein lassen   (Mk. 2, 23)

das Zentrum verlassen
an den Rand gehen
den Menschen zuhören
und sein Brot
teilen   (Lk. 24, 13)

# Schuldig!

Als er ein Jahr alt war,
haben ihn seine Eltern verprügelt.
Als er zwei war,
da ließen sie sich scheiden.
Der Stiefvater verprügelte ihn abermals.
Er mochte ihn ganz einfach nicht.

Als er 15 war,
riß er von zu Hause aus.
In der Großstadt traf er Homosexuelle.
Mit 17 versuchte er, sich umzubringen.
Nach der Mechanikerlehre
hat er ein Auto gestohlen
und dann zu Schrott gefahren.

Mit 20 schlug er seine Mutter halbtot:
Untersuchungshaft!
Als er 21 war,
nahm er seine eigene Tochter als Geisel.

Es folgte ein Raubüberfall –
Gefängnis und Selbstmordversuch.
Aus dem Spital ist er geflohen.
Auf der Flucht hat er vier Menschen erschossen.

»Schuldig!« sagte der Richter.
Sonst noch wer?

Als er ein Jahr alt war,
haben ihn seine Eltern verprügelt...

# Jenseits der Worte

Du hast Angst in den Augen
verschlossen und schweigsam
so flehst du um Hilfe.
Ich verstehe dich schon
du schweigender Schrei

Und die Tränen der Kinder
verstohlen zerdrückt
»weinen verboten«
doch sie schreien zum Himmel
auch ganz ohne Worte

Augen auf Halbmast
Schelm im Gesicht
wortloses Lächeln
so sagst du mir deutlich
wie glücklich du bist

Wenn Menschen sich lieben
dann schweigen die Worte
die Stille ist zärtlich
und lautlos das Glück
und Gott ist d i e Liebe

Im Schlußverkauf billig zu haben
dreitausend Worte am Tag
verschweigen sie mehr als sie sagen
mein Leben lebt jenseits der Worte

# *Magnificat*

*Und Maria sprach:*
*»Die Mächtigen stürzt ER vom Throne«.*

*Wer sind die Mächtigen?*
*Wo sind die Throne?*
*Wer stürzt sie?*
*Wie geht das?*

*Schafft doch wenigstens*
*die Throne ab!*

*Kein Beifall mehr für Superstars.*
*Kein Jubel für die Mächtigen.*
*Kein Weihrauch für die Bonzen.*
*Kein Loblied für den Papst.*

*Brüder und Schwestern*
*gibt es nur thronlos.*

Links: »Reste des Sozialismus« in der CSFR werden zum Bau eines Ferienhauses verwendet, Ostern 1990

# Weihnachten...

die vergessene Realität
die verlorene Menschwerdung
die verratene Revolution

Hunger nach Erlösung
Durst nach Befreiung
Sehnsucht nach Liebe.
Da bist Du Mensch geworden
EMMANUEL

300 Jahre später:

Von Konstantin zum Staatsgott gekürt
haben wir Dich:
in Rituale eingekühlt
in Liturgien verpackt
in Gebote verschnürt
in Litaneien zermurmelt
in der Kirche begraben
zum Aufputz bürgerlicher Feste mißhandelt.
So haben wir aus Weihnachten Kapital geschlagen
und Dich ins System integriert

Draußen vor der Tür
bist Du Mensch geworden
außerhalb Jerusalems
außerhalb der Kirche
außerhalb der Macht
außerhalb der Norm.
Feuer wolltest Du auf die Erde werfen
und Du willst,
daß es brennt.
Wir aber tummeln uns in Schutt und Asche
voll von Firlefanz und Flitterglanz.
Verzeihe uns unsere müde Oberflächlichkeit.

Und ich wandere durch Spiralen der Erinnerung
und finde tief drinnen,
in meinem Herzen,
in der Mitte des Glaubens,
vom Kleinkram des Alltags verschüttet
Deinen glühenden Funken von damals.
Sende uns erneut Deinen Geist,
er wird das Strandgut der Geschichte verwehen.

KOMM
und werde abermals Mensch
immer und immer wieder
in mir
in uns
in Deiner kühlen Kirche
in Deiner geliebten Welt –
voll Hunger
voll Durst
voll Sehnsucht
nach DIR.

San Cristóbal de Las Casas, Mexiko

# Die Kinder von Mexiko

»Bruder« Johannes Paul aus Rom,
du kamst zu uns nach Mexiko.
Wir warteten schon lange auf dich
und konnten kaum noch schlafen.
Die Mutter sprach von Wunder und so
zu uns schmutzigen Kindern von Mexiko.

Wir haben uns so gefreut auf dich
und liefen dir jubelnd entgegen.
Da kamst du mit dem Präsidentenjet
und strahltest wie ein Gott vom Himmel.
Dich, mein Bruder, hat die Polizei beschützt
und uns hinterher arg verprügelt.

Weißt du, was Elend ist – weißer Bruder?
Hast du schon einmal vor Hunger geweint?
Da werden wir täglich mit Füßen getreten,
von grausamen Männern mit christlichem Glauben,
und dir fehlt der Mut zur Entscheidung
für uns schmutzige Kinder von Mexiko.

Wir haben den Mut Jesu Christi erwartet,
doch es kam des Vatikans Diplomatie.
Wir fühlen uns verraten, Heiliger Vater,
das leise Grinsen der Henker beweist es.
Schon zielen sie wieder mit Maschinenpistolen
auf uns arme Hunde von Mexiko.

Taumelnd vor Freude haben wir dich empfangen,
wir haben geglaubt und gehofft und geliebt,
das war unser Fehler – wir konnten nicht anders.
Verstehst du uns wenigstens jetzt, Bruder Paul!
Fahr heim und vergiß im Vaticano
die schmutzigen Kinder von Mexiko.

Gemeinsam werden wir weiterkämpfen
und bitteres Unrecht beim Namen nennen.
Freiheitsgeschichte ist Leidensgeschichte.
Wir haben keine Angst vor dem eigenen Kreuz,
denn christliche Liebe gibt es nur so
für uns schmutzige Kinder von Mexiko.

# Südamerika-Solidarität?

SIE
haben doch nur
ihre Lieder gesungen,
die Propheten der Freiheit;
wahrscheinlich
werden sie jetzt
polizeilich verprügelt.

WIR
haben doch nur
unsere Lieder gesungen,
die Schlachtgesänge des Sieges;
wahrscheinlich
werden wir die Propheten
vergessen.

SIE
haben doch nur
ihren Mund aufgemacht,
die Dissidenten der Hoffnung;
wahrscheinlich
werden sie jetzt
gewaltsam verschleppt.

WIR
haben doch nur
unseren Mund gehalten,
denn Schweigen ist Gold;
wahrscheinlich
werden wir
weiter schweigen.

| | |
|---|---|
| SIE<br>haben doch nur<br>ihr Brot gewollt,<br>die Landarbeiter des Südens;<br>wahrscheinlich<br>werden sie jetzt<br>erbärmlich verhungern. | WIR<br>haben doch nichts<br>von dem Hunger gewußt,<br>wir Sattseher in der Ferne;<br>wahrscheinlich<br>werden wir jetzt<br>weiterprassen. |
| SIE<br>haben doch nur<br>an Gerechtigkeit geglaubt,<br>die gewaltlosen Kämpfer<br>der Liebe;<br>wahrscheinlich<br>werden sie jetzt<br>standrechtlich erschossen. | WIR<br>haben doch nur<br>unsere Pflicht getan,<br>wir gesetzesgehorsamen<br>Bürger;<br>wahrscheinlich<br>werden wir jetzt<br>weiterschlafen. |

verprügelt und vergessen
verschleppt und verschwiegen
verhungert und verpraßt
erschossen und verschlafen

Es lebe die internationale Solidarität!

# *Solange ein Mensch Hunger hat...*

*Solange
ein Mensch
Hunger hat,
hat niemand
wirklich satt zu sein.*

*Solange
ein Mensch
kein Wasser hat,
ist jeder Rausch
ein Diebstahl.*

*Solange
ein Mensch
kein Obdach hat,
ist jede Zweitwohnung
unsittlich.*

*Solange
ein Mensch
ohne Kleider friert,
ist jeder Pelzmantel
eine sündhafte Haut.*

*Solange
ein Mensch
im Gefängnis sitzt,
ist niemand
wirklich frei.*

# The face of drought

# Das letzte Abendmahl

Damals in Jerusalem
saßen mit IHM zwölf Männer am Tisch
und feierten ihre Befreiung
aus der Sklaverei in Ägypten.

SEINE letzte Tat war ein Abendmahl
und keine Konferenz.
Sie haben Brot geteilt
und keine Beschlüsse gefaßt.

Sie haben den Wein der Freude getrunken
und keine Gebote erlassen.
ER hat seinen Jüngern die Füße gewaschen
und nicht den Kopf.

Sie haben die Lieder der Befreiung gesungen
und keinen Katechismus geschrieben.
Sie haben einander geliebt
und nicht überwacht.

Wie konnte aus dieser Liebesgemeinschaft
ein so globales Museum werden?
Aus begeisterten Propheten
beamtete Priester?

# Petrus

*»Gebt Ihr ihnen zu essen!«*

*»Wir haben auch nur
zwei Fische
und fünf Brote.«*

*»Du lügst, Petrus!«*

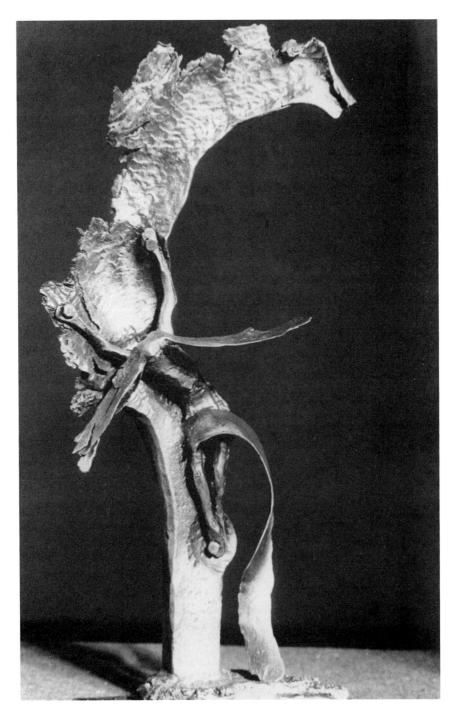

»Der Absturz« –
Eisenskulptur von Walter Sieghartsleitner

# Festgenagelt

Festgenagelt in unseren Kategorien,
in denen wir zu denken pflegen,
werden wir immer gedankenloser.

Festgenagelt in unseren Dogmen,
in denen wir zu glauben pflegen,
werden wir immer glaubensloser.

Festgenagelt in unseren Hierarchien,
in denen wir uns zu verneigen pflegen,
werden wir immer buckeliger.

Festgenagelt in unseren Feindbildern,
in denen wir zu urteilen pflegen,
werden wir immer feindseliger.

Festgenagelt in unseren Sünden,
in denen wir zu trauern pflegen,
werden wir immer humorloser.

Festgenagelt in Gut und Böse,
in dem wir zu leben pflegen,
werden wir immer phantasieloser.

Festgenagelt an unsere Mitmenschen,
mit denen wir zu verkehren pflegen,
werden wir immer beziehungsloser.

Festgenagelt an unsere Gottesbilder,
die wir zu verehren pflegen,
werden wir immer gottloser.

Festgenagelt am Kreuz
hat ER den Geist ausgehaucht,
seitdem lebt er,
wo er will.

# Bergpredigt, Mt. 5

Wenn diese Liebe Jesu Christi mehr ist
als ein romantisches Gefühl
und ein bißchen Hautkontakt,
dann wohl auch dies:

Teile dein Brot mit den Armen
und schrei den Reichen ihre Sünden ins Gesicht.

Tröste die Traurigen
und leg dich mit den Unterdrückern an.

Wende keine Gewalt an, aber geh auf die Straße und demonstriere
gegen Rüstung und Krieg.

Sei selber gerecht und ohne Vorurteile,
aber schrei laut,
wenn ungerechte Strukturen und Menschen
dich ans Kreuz des Status quo nageln wollen.

Sei barmherzig
und fordere deine Mitmenschen zur Verweigerung auf,
wenn sie in sogenannten Sachzwängen
unbarmherzig ihre Seele verraten müssen.

Habe ein reines und ruhiges Herz, aber bebe und fluche
gegen die strukturierte Habgier
einer waffenstrotzenden »Ersten Welt«.

Stifte Frieden für alle,
aber nicht auf Friedhöfen und Reichtümern.
Ohne gerechtere Verteilung
aller Güter dieser Welt
gibt es keinen Frieden auf Erden.

Und wenn man dich verfolgt um der Gerechtigkeit willen,
dann ist das der Preis für deine Entscheidung,
das Leben zu wählen – und nicht den Tod.

# Ich glaube

Ich glaube an Gott,
den Vater, den Allmächtigen,
die Mutter, die Allgütige,
den Bruder, den Allgegenwärtigen,
die Schwester, die Vielgeliebte,
das Kind, das so Lebendige
in mir.

Ich glaube an den Schöpfer
des Himmels und der Erde,
des Lebens und der Liebe,
des Friedens und der Freude,
der Stille und des Glücks,
der Sehnsucht nach Gott
in mir.

Wenn ich Dir vertraue,
werde ich ganz ruhig.
Seit ich Dir glaube,
bin ich ganz glücklich.

Reinwaschung im Ganges, Benares

# Ohne Widerstand gibt es keinen Glauben

Freunde, ohne Widerstand
gibt es keinen Glauben,
nicht den Glauben JESU.

Freunde, räumt die Tempel aus!
Macht, Profit und Geld.
Geißelt diese Räuberhöhlen!

Freunde, greifet nach den Sternen,
aber bleibt der Erde treu.
Die Zukunft liegt in euren Händen.

Freunde, glaubt an eure Würde!
Reißt die Vorhänge beiseite,
draußen wird es ja schon hell!

# Schafft die Tränen der Kinder ab!

Schafft die Tränen der Kinder ab!
Das lange Regnen in die Blüten
ist so schädlich.

Schafft den Hunger der Menschen ab!
Die lange Dürre in den Gärten
ist so tragisch.

Schafft die Waffen der Krieger ab!
Das lange Rasseln ihrer Säbel
macht so taub.

Schafft die Schmerzen der Schwarzen ab!
Das lange Bücken ihrer Rücken
ist so tierisch.

Schafft die Schreie der Gefangenen ab!
Das lange Donnern in den Herzen
ist so tödlich.

Schafft das Schweigen der Guten ab!
Die lange Kälte in den Blumen
ist so schmerzlich.

Schafft die Lügen der Politiker ab!
Das lange Schleichen in den Nächten
ist so gefährlich.

Schafft das Unrecht heute noch ab!
Das lange Warten auf den Himmel
macht so schläfrig.

Schafft die Hölle der Egoisten ab!
Das lange Drohen mit dem Feuer
ist so heidnisch.

Laßt Freiheit und Liebe in euch entstehen!
Das Licht der Sonne für uns Menschen
ist so nötig.

# Nur ein spielendes Kind

Ich gehe morgens nicht zur Schule
und auch nicht täglich in die Arbeit
ja nicht mal sonntags in die Kirche
ich mache keine großen Reisen
fahr weder Moped noch ein Auto
ich bin eben nur
ein spielendes Kind

Ich produziere keine Waren
und konsumiere viel zu wenig
ich baue keine großen Häuser
und Kartenhäuser zählen nicht
sie halten dieser Welt nicht stand
ich bin eben nur
ein spielendes Kind

Ich rede keine großen Reden
und was ich sage hörst du nicht
du machst aus Worten ein Gefängnis
worin der kleine Bettler lebt
und bittet um Verständnis
ich bin eben nur
ein spielendes Kind

Ich schreibe keine Kurzgeschichten
auch »Zeit im Bild« versteh' ich nicht
ich lese keine Tageszeitung
und so gesehen bin ich dumm
würden große Leute sagen
ich bin eben nur
ein spielendes Kind

Mein Leben steigert kaum den Umsatz
was großen Leuten wichtig wäre
ich mache keine Kassen voll
viel eher meine Windelhosen
was meine Eltern niemals tun
ich bin eben nur
ein spielendes Kind

Man hört die großen Leute sagen,
das Jahr des Kindes soll es sein.
Was habt ihr euch dabei gedacht?
Wenn ihr nicht werdet wie die Kinder,
habt ihr ein Jahr umsonst gelebt.

Aber ich bin eben nur
ein spielendes Kind

# Noch nie...

so reich
waren wir noch nie
aber so habgierig
auch nicht

so viele Kleider
hatten wir noch nie
aber so nackt
waren wir auch noch nie

so satt
waren wir noch nie
aber so unersättlich
auch nicht

so schöne Häuser
hatten wir noch nie
aber so heimatlos
waren wir auch noch nie

so versichert
waren wir noch nie
aber so unsicher
auch nicht

so viele Räte
hatten wir noch nie
aber so ratlos
waren wir auch noch nie

so viel Zeit
hatten wir noch nie
aber so viel Langeweile
auch nicht

so viel Licht
hatten wir noch nie
aber so dunkel
war es auch noch nie

so risikolos
waren wir noch nie
aber so gefährdet
auch nicht

so viel gesehen
haben wir noch nie
aber so blind
waren wir auch noch nie

so dicht aneinander
lebten wir noch nie
aber so isoliert
auch nicht

so viel
wußten wir noch nie
aber so durcheinander
waren wir auch noch nie

so entwickelt
waren wir noch nie
aber so sehr am Ende
auch nicht

# Was ist Fortschritt?

*Einst
sangen sie fröhlich
im Busch ihre Lieder
und tanzten
in Lendenschurz und Federschmuck
ums nächtliche Feuer.*

*Sie schlugen die Trommeln
zu Ehren der Ahnen,
Götter und Geister
waren dabei –
dann kamen die Weißen.*

*Jetzt
hocken sie kümmerlich in Kirchenbänken
und singen gezähmt
im Kirchenchor
ganz militärisch und lustlos:
»Näher mein Gott zu dir.«*

Abendliches Fest in Kadoma, Zimbabwe

»Frühstück« zwischen Honda und Yamaha am Gehsteig in Harare, Zimbabwe

# Eingeklemmt...

zwischen Tradition und Fortschritt,
zwischen Busch und City-Skyline,
von Bürgerkriegen zerrissen,
saugst du deine Vergangenheit
aus deiner Mutter Brust.

Bald wirst auch du
von »Nest Donalds« vergiftet.
Chemisch und kapitalistisch,
aber nur ganz »light«.

# Kalte Kirchen

Ihr habt uns euren Gott gebracht
und uns das Land genommen –

Ihr habt uns mit Heiligem Wasser getauft
und uns die Quellen gestohlen –

Ihr habt uns eure Gebete gelehrt
und unsere Söhne getötet –

Ihr habt uns in eure Schulen gesteckt,
jetzt können wir eure Gesetze lesen –

Wir mußten euch große Kirchen bauen,
um darin zu erfrieren.

# DIE EINEN & DIE ANDEREN

So wohnen die Jesuiten in Harare, Zimbabwe...

Die einen haben
einen Swimmingpool
und die anderen
haben Wasser und Klo
am Gang.

Die einen pirschen
in ihren Privatjagden
und die anderen
dürfen den Stadtpark
nicht betreten.

Die einen jetten
um die Welt
und die anderen
pendeln müde
in die Nachtschicht.

Die einen lassen
sich Paläste bauen
und den anderen
weht der Wind
das Blech vom Dach.

... und so die Gläubigen in Maun, Botswana

Die einen pelzen sich
in Fellen
und die anderen
tragen ihre Haut
zu Markte.

Die einen bereichern
sich an Kriegen
und den anderen
verkaufen sie
Kriegsspielzeug.

Die einen leben
auf Kosten der anderen
solange es
DIE EINEN
& DIE ANDEREN
gibt.

# Das Alibi

Blaulicht und Folgetonhorn
bei 150 Stundenkilometern,
es quietschen die Reifen,
die Rettung rast zum Flughafen.

Die Boeing ist startklar,
das Medikament wird an Bord gebracht,
Flug Nr. B 33 nach Indien –
die Sondermaschine hebt ab.

Mit tausend Stundenkilometern
jetten die Helfer nach Bombay.
Zwanzigtausend Dollar
für ein krankes Kind.

Ein Mensch ist gerettet.
Das Fernsehen war dabei.
Die Presse auch.

Die anderen verhungern weiter:
10.000 während dieses Fluges,
25 während dieses Gedichtes.

Bettler in Bulawayo, Zimbabwe

# Bis ich einen traf...

Ich weinte
weil ich keine Schuhe hatte
bis ich einen traf
der keine Füße hatte.

Ich schimpfte
weil ich keinen Fernseher hatte
bis ich einen traf
der blind war.

Ich fluchte
über meine Rückenschmerzen
bis ich einen traf
der gelähmt war.

Ich knurrte
weil das Essen nicht fertig war
bis ich einen traf
der am Verhungern war.

Ich weigerte mich
für andere zu arbeiten
bis ich einen traf
der für andere litt.

Ich heulte
weil ich Zahnweh hatte
bis ich einen traf
der gefoltert wurde.

Ich sträubte mich
mein Kreuz zu tragen
bis ich einen traf
der daran starb.

Ich weigerte mich
JA zu sagen
bis ich einen traf
der mich voll bejahte.

# Alles für die Katz'

*Ein Schaumbad für den Papagei,
eine Leber vom Kalb für die Katz',
und ein knuspriges Steak für den Hund.*

*10 Millionen Dollar
für die Rettung
dreier Wale
im Eis.*

*Und für 10 Millionen Kinder
ein müdes Lächeln,
eine milde Gabe
und einen stillen Tod.*

Täglich frißt eine Katze in den USA mehr Fleisch aus Costa Rica als ein Costaricaner

# Die Entwicklungshelfer

Einst
haben sie
Haus und Hof verlassen
gute Arbeit
und liebe Freunde
und sind
in die »Dritte Welt«
gegangen.

Jetzt
lehren sie
die Armen
nähen und stricken
kochen und basteln
Geschichte und Geographie.

Sie verteilen
Decken und Medikamente
reparieren
Kinder, Kranke und alte Autos
und helfen so das Land
zu entwickeln.

Sie geben
den Hungernden Brot.
So können sie
weiterleben
und
ganz langsam
verhungern.

Respekt- und würdevoll
werden die Opfer bestattet
die Leichen
einer tödlichen Struktur –
und systematisch
wird weiter
gemordet.

Gesundheit und Leben
riskieren
die tapferen Helfer –
Land für Land
Tag für Tag
Mensch für Mensch.

Bis eines Tages
einige von ihnen
aufstanden
und mitten
in der Reparaturwerkstätte
zwischen Jerusalem und Jericho
ein paar neue Fragen stellten:

Wer hat
den weltweiten Hunger
gemacht?

Wohin
sind die Räuber
verschwunden?

Wer hat
den einsamen Mann
erschlagen?

Wer hält die Mörder versteckt?

Freunde –
was wollen wir
denn eigentlich
entwickeln –
und
wohin denn?

Alle Hilfe
dem täglichen Schrei
der verratenen Völker.
ABER
aller Widerstand
den hinterfotzigen Interessen
weltweiter Profitgier.

Der Hungernde
braucht
deine Hilfe –
aber wer
stoppt
den Diebstahl?

Die Last der »Zivilisation«

# Achtung Diebstahl!

Arbeit darf man nicht verkaufen
Profit ist arbeitsloses Geld.
Der Mehrwert muß zuhause bleiben –
alles andere ist Diebstahl.

Wenn alle Menschen jeden Tag
bei sich zu Hause arbeiten,
dann wären alle arbeitslos.
Es zählt ja nur die Lohnarbeit.

Getreide, Brote und Gemüse
Kleider, Rotwein und auch Rosen
gäbe es statistisch nicht.
Nur was verkauft wird, existiert.

Kaum hat die Arbeit was geschaffen,
kommt schon das Kapital und stiehlt
dir aus der Hand, was dir gehört,
um den Profit zu maximieren.

Konzerne schaffen Arbeitsplätze

## *Ihr könnt euch doch nicht alles nehmen*

*Damals, als wir Kinder waren,*
*als die Großmutter noch lebte,*
*stand schon der kleine Apfelbaum*
*im Garten zwischen Kohl und Kraut.*

*Im Herbst hat sie ihn abgeräumt,*
*nur einen Apfel ließ sie steh'n*
*und auch ein Häuptel Kraut im Feld.*
*»Das ist schon gut so«, sagte sie.*

*Wir wollen uns den Apfel hol'n,*
*das letzte Kraut gehört uns auch.*
*Warum läßt sie den Apfel steh'n?*
*Das ist Verschwendung, liebe Frau!*

*Ich weiß nicht, wie ich's sagen soll,*
*denkt doch auch mal an die Tiere,*
*für die Vögel ist der Apfel,*
*der Hase freut sich über's Kraut.*

*Ihr könnt euch doch nicht alles nehmen.*
*Ihr seid nicht Herren dieser Welt.*
*Ihr seid nur Pächter dieser Schöpfung.*
*Ihr seid selber Teil des Kosmos.*

*Der letzte Apfel dort am Baum,*
*das letzte Kraut, das letzte Grün,*
*der letzte Fisch, der letzte Bach –*
*zerstört das letzte Leben nicht.*

*Die letzte Luft, der letzte Mensch,*
*der letzte Sinn, die letzte Welt,*
*der letzte Gott, der letzte Tod –*
*ihr könnt euch doch nicht alles nehmen.*

Nach Vorstellungen gewisser Bürgermeister sollte das Reichraminger Hintergebirge für ein paar lächerliche Kilowattstunden geopfert und zubetoniert werden. Bürgerinitiativen verhinderten jedoch dieses wahnwitzige Vorhaben. Und 1989 beschloß die oberösterreichische Landesregierung, das Gebiet zum Nationalpark zu erklären

# Mein Arbeitstag

*Mein Arbeitstag ist
einen Morgen schläfrig
zwei Stechuhren lästig
und drei Kantinen hungrig*

*Mein Arbeitstag ist
sieben Biere durstig
zwanzig Zigaretten lang
einen Hochofen dreckig
und zehn Kollegen fad*

*Mein Arbeitstag ist
zwei Ehen tot
vier Kneipen laut
sechs Witze lächerlich
und einen Feierabend müde*

*Mein Arbeitstag ist
eine Gesundheit staubig
ein paar Hoffnungen ärmer
ein Leben vertan
und einen Kampf los*

# Das Fest der Träume

Die Posaunen
haben
die Vorhänge zerrissen

Die Lieder
sind
aufgeflattert

Die Fenster
sind
aufgesprungen

Die Wolken
sind
zerrissen

Strahlend
ging
die Freude auf

Aber schon
am nächsten Morgen
gingen die Träume
wieder zu Fuß
in die Arbeit

langsam
und bedächtig
am Gehsteig
der Gewohnheit

Ihre Utopien
wurden festgenommen
und abgeführt

Ihre Hoffnungen
bekamen Dunkelhaft
und einen Fasttag

So bezahlten
die Träume
ihre Wahrheit

mit dem Kleingeld
des humorlosen
Alltags

# Am nächsten Morgen

Das Fest war schön
der Abend bunt
und die Gäste
betrugen sich heiter.

Das letzte Glas
war wohl zu viel
des kühlen Biers –
jetzt bin ich gescheiter.

Wie spät ist es?
Schon fünf vor sechs?
Und der Zug
ist soeben gefahren.

Schlaf weiter Frau
ich muß jetzt gehen
und den Kindern sag
schöne Grüße.

Jetzt hab ich Angst
um meinen Job
ich tu's für euch
und die Gäste von gestern.

Tagaus, tagein
und Jahr für Jahr
verkaufe ich mich
um einen Mindestlohn.

Ich schufte viel
um wenig Geld
um manchmal
ein Festchen zu feiern.

Ich komme wieder
meine Freunde
ich brauche euch sehr
um zu leben.

# Das schwarze Gebet

Du Gott
wenn Du Vater
aller Menschen bist
dann sind wir doch alle
Brüder und Schwestern
schwarz und weiß

Als Gott meiner Jugend
warst Du schwarz
aber gut
dann kamen die Weißen
und brachten Dich mit
weiß und mächtig

Sie sagten
»Gott ist die Liebe«
und steckten uns
in die Minen

Sie brachten
die »Frohe Botschaft«
und uns
nach Robben Island\*

Sie sangen
die schönsten Lieder
und folterten
Frauen und Kinder

Sie kündeten an
die Befreiung
und Ketten
waren das Ende

Sie haben gebetet
und uns geschlagen
und ihr Gott
war noch immer
die Liebe

Sie nahmen
uns Kupfer und Eisen
und gaben uns
Dogmen und Weihrauch

Sie brachten
uns Worte und Wohlstand
und verlangten
als Preis
unser Leben

Wir haben
geflucht und gebetet
und wir werden
nicht aufhören
zu kämpfen

Denn Jesus
war immer
auf seiten
der Kleinen

Es fällt mir nicht leicht
diese Weißen zu lieben
doch ich werde es tun
solange
ich lebe

---

\* Robben Island ist die Insel der Gefangenen vor Kapstadt, von der es keine Flucht und kein Zurück mehr gibt

Vergib ihnen Gott
wenn sie schwatzen von Dir
und leben
als wären sie
gottlos

# Die Lunge brennt

*Unser Planet ist ein Lebewesen
und keine Schottergrube,
ein feiner Organismus
und keine Mülldeponie,*

*ein lebendiges Wesen
wie Maikäfer und Möwen,
wie Tauben und Schmetterlinge,
wie du und ich.*

*Wer einem dieser Wesen
die Lunge im Leibe verbrennt,
der tötet
das ganze Lebewesen.*

*Es brennt der Regenwald,
der Lunge geht die Luft aus,
die Erde wird getötet.*

Links: Eine österreichische Papierfabrik

# Wenn es erlaubt ist, zu fragen

Welche Freiheit
kann eine Armee verteidigen,
wenn es den Bürgern nicht freisteht,
zur Armee zu gehen
oder auch nicht.

Welche Demokratie
kann eine Schule
den Kindern vermitteln,
wenn es in der Schule
nicht demokratisch zugeht.

Welche Brüderlichkeit
kann eine Kirche bewirken,
die von oben
bis unten
hierarchisch verfaßt ist.

Welche Sicherheit
können denn Politiker versprechen,
wenn sie hinter Panzerglas
von Sicherheitskräften
geschützt werden.

Welche Mitbestimmung
kann eine Wirtschaft
den Arbeitern versprechen,
wenn die wahren Informationen
geheim sind.

# Geh und spiel mit den Kindern!

Wenn du dich selber finden möchtest,
wenn du einsam bist und traurig,
wenn du keine Antwort mehr weißt,
dann geh und spiel mit den Kindern.

Wenn du dich selber nicht mehr magst,
wenn dich alles ankotzt,
wenn du glaubst, es ist alles aus und vorbei,
dann geh und spiel mit den Kindern.

Wenn die Hektik unerträglich wird,
wenn die Menschen dir an der Haut kleben,
wenn du alles auf einmal machen sollst,
dann geh und spiel mit den Kindern.

Wenn dein Lächeln erfriert,
wenn deine Worte ihren Klang verlieren,
wenn deine Liebe nicht mehr ausreicht,
dann geh und spiel mit den Kindern.

Wenn du eine einfache Antwort willst,
wenn du das lebendige Leben suchst,
wenn du Freude erleben willst,
dann geh und spiel mit den Kindern.

Wenn du den Weg zu Gott verloren hast,
wenn du nicht mehr beten und bitten kannst,
wenn du singen möchtest und tanzen,
dann geh und spiel mit den Kindern.

Wenn du das Leben wieder lernen möchtest,
dann geh und spiel mit den Kindern.
Aber gib acht auf die Kleinen,
denn du lernst nur von dem,
was du liebst.

# Matthäus 25

*Ich war hungrig
und ihr habt gesagt:
»So was soll schon mal vorkommen.«*

*Ich war durstig
und ihr habt gesagt:
»Es wird schon wieder mal regnen.«*

*Ich war fremd
und ihr habt gesagt:
»Ausländer raus!«*

*Ich war nackt
und ihr habt gesagt:
»Schämen soll er sich.«*

*Ich war krank
und ihr habt gesagt:
»Weg mit ihm ins Krankenhaus.«*

*Ich war im Gefängnis
und ihr habt gesagt:
»Die Todesstrafe muß her!«*

*Ich war arbeitslos
und ihr habt gesagt:
»Jetzt lebt er auf unsere Kosten.«*

*Ich war arm
und ihr habt gesagt:
»Selber schuld.«*

# Selig...

(frei nach Matthäus 5, 3-12)

Selig sind die Lernfähigen,
die Kompromißbereiten,
die auf den Willen Gottes hören
und ihn auch tun.

Selig seid ihr,
wenn ihr noch traurig sein könnt.
Selig ist,
wer sich seiner Tränen nicht schämt
und wer Gefühle zeigt
in einer trauer- und gefühllosen Welt.

Selig sind die Zärtlichen,
zärtlich in Gedanken,
Worten und Werken.
Selig die Dialogbereiten.
Selig,
wer noch nie einem Kind
ins Gesicht geschlagen hat.
Selig seid ihr im gewaltlosen Widerstand.

Selig, deren Sehnsucht nach Gerechtigkeit unersättlich ist.
Selig,
die weltweit für die Würde jedes Menschen kämpfen
und die selber gerecht sind.

Selig seid ihr,
wenn ihr ein gutes Herz habt füreinander,
wenn ihr auch noch nach der schmerzlichsten Verletzung
vergeben könnt
und nicht auf Rache sinnt.

Selig sind die Wahrhaftigen,
deren Herz klar ist wie ein Gebirgsbach.
Diejenigen, die sagen,
was sie denken und fühlen.

Selig sind diejenigen,
die den Frieden anstiften,
welche die kleinste Chance zum Gespräch wahrnehmen
und die Wahrheit menschlich sagen.

Selig, wenn ihr bereit seid,
dafür auch Verfolgung auf euch zu nehmen.
Gerechtigkeit gibt es nicht gratis.

Macht euch keine Sorgen –
ihr werdet überleben.
Die Zukunft ist auf eurer Seite.

Es ist besser,
beschimpft zu werden,
als zu schimpfen –
verfolgt zu werden,
als zu verfolgen –
verleumdet zu werden,
als zu verleumden.

Es ist besser,
Böses zu erleiden,
als Böses zu tun.

# Ihr seid das Salz der Erde …

und nicht der Zuckerguß.

Salzlos schmeckt das Leben fad,
versalzen ist es ungenießbar.
Würzig sollt ihr sein!

Gefroren und vereist
ist unsere Erde.

Seid Salz
und löst die Gletscher auf!

# Ihr seid das Licht der Welt

Kerzen im Wind.

Bremslichter der Gesellschaft
oder
Blinklichter für Schiffe in Not.

Scheinwerfer im Gesicht
oder
Laternen auf dem Weg.

Lampen ohne Öl
oder
leuchtende Sterne am Firmament
unseres Lebens.

Leuchtende Sterne

Homeless in Bulawayo, Zimbabwe

# *Kein Bett*

*»Steh auf,
nimm dein Bett
und geh nach Hause!«*

*Aber er hatte kein Bett
und auch kein zu Hause.*

# Sehnsucht

Du bittest die Menschen um Liebe
und sie schicken dir Geld
und Pakete

Was du brauchst, ist ein ganz kleines Danke
und sie gehen vorüber
und schweigen

Um Zuneigung bittest du täglich
und sie erhöhen dir höchstens
die Rente

Du erwartest den Besuch deiner Kinder
und sie schicken dir Karten
mit Grüßen

Du flehst zu den Menschen um Freude
und sie verkaufen dir Kleider
und Christbaum

Du zappelst nach Sicherheit – Mensch
und sie horten Polizzen
und Daten

Du möchtest eine Spur Anerkennung
und kriegst ein Zeugnis
mit Noten

Für Gerechtigkeit hast du gekämpft
und nun sagen sie lächelnd –
der Spinner

Du glaubst an den Frieden auf Erden
und sie verkaufen den Kindern
schon Panzer

Du hoffst auf Gemeinschaft der Völker
und du kennst ihn nicht
deinen Nachbarn

Du glaubst an den Gott der Liebe
und sie bedrohen einander
mit Geboten

Göttlich ist deine Sehnsucht
und weltlich ist
ihre Antwort

# Was ist obszön?

**Obszön** ist nicht der seichte Wirtshauswitz
einer Runde angeheiterter Pferdehändler.
Obszön ist vielmehr die Hetzrede eines Diktators
von der notwendigen Vernichtung des Volkes
jenseits der Grenze.

**Obszön** ist nicht der kurze Rock der Nachbarin.
Obszön ist vielmehr eine Gesellschaft,
in der menschliche Grundbedürfnisse
am sogenannten freien Markt gehandelt werden (müssen)
wie Schuhe, Cola und Bier.

**Obszön** ist nicht das prostituierte Bettgeflüster
vermarkteter Triebe.
Obszön ist vielmehr die Predigt aus dem Lautsprecher
vom gerechten Krieg, von wegen Vaterland,
Frieden sichern und anderem Blabla.

**Obszön** ist nicht die entblößte Brust.
Obszön ist vielmehr die stolze Brust des alten Generals
mit Auszeichnungen für grauenhafte Schlachten –
jeder Schuß ein Treffer und so.

**Obszön** ist nicht die Haut des Menschen.
Obszön ist vielmehr,
wie Arbeiter ihre Haut
im Spiel von Angebot und Nachfrage
zu Markte tragen müssen.

**Obszön** ist nicht der nackte Mensch.
Obszön ist vielmehr,
mit welch nackter Grausamkeit Menschen gefoltert,
entwürdigt und nackt im Dutzend von einem Bulldozer
ins Massengrab geschert werden.

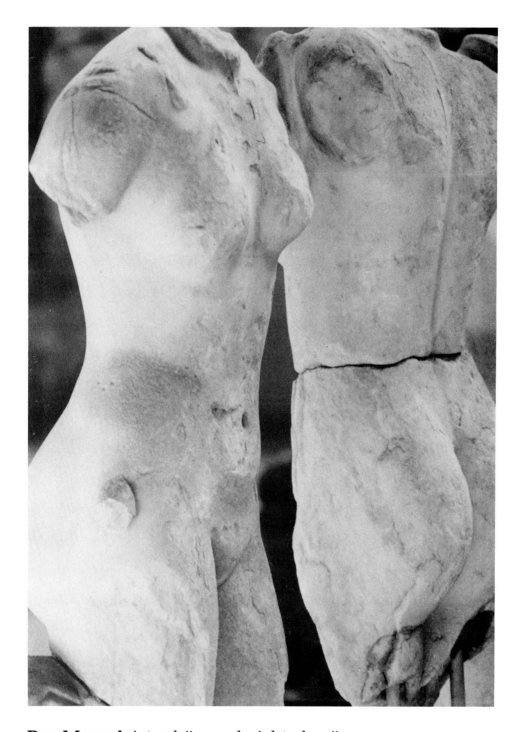

**Der Mensch** ist schön und nicht obszön.
Obszön ist,
wer die Würde des Menschen nicht achtet.

## Was ist pervers?

In schmucker Uniform
und mit breitem Grinser
hinter dem ergrauten Schnauzer
heftete der alte General
dem militärischen Anfänger
das Eiserne Kreuz
an die schmale Brust.
Tapferkeit!
Kamerad!

»Du hast sieben feindliche Jäger abgeschossen.«

Waren da nicht mindestens
je zwei Menschen drinnen?
Wo sind sie jetzt?
Zerfetzt von Geschossen
schwer verwundet
stöhnend sind sie
verblutet
getötet
ermordet.

Militärpiloten – Werkzeug für anonymen Mord?

»Du hast drei feindliche Panzer unschädlich gemacht.«

Waren da nicht je
vier junge Männer drinnen?
Was ist geschehen?
Von Explosionen zerrissen
laut schreiend
vor Schmerzen
du hast sie gehört
und weiter geschossen.
Jetzt ist es still. Wirklich?

»Du hast im Nahkampf siegreich gekämpft.«

Wie viele Messer hast du
in Rücken
aus Fleisch und Blut gestoßen?
Hatten sie nicht auch
Familien zu Hause,
genau wie du?
Was wirst du sagen,
wenn deine Kinder dich fragen?

Du schweigst.

Sieben Flugzeuge abgeschossen
drei Panzer geknackt
im Nahkampf siegreich gekämpft
unschuldige Menschen getötet
ermordet
für Tapferkeit ausgezeichnet.
Befehl ist Befehl!

**Das ist pervers!**

# Gehorsam bis zum Tod
(ja bis zum Tod an der Mauer)

Auf einer Polizisten-Räuberleiter klettern Bürger über die Mauer und feiern ihre Freiheit auf den Schultern der Volkspolizei.

»Gestern noch hast du meine Schwester erschossen.«

»Ja, gestern noch hatte ich Schießbefehl.«

Heute sind die Befehlshaber tot.

Gehorsam war er immer schon – gehorsam bis zum Tod deiner Schwester an der Mauer.

Nur Gehorsame töten bedenkenlos

# Der Bewußtlose

Am Montag geht er zum Aerobic,
am Dienstag zum Friseur,
am Mittwoch in die Sauna,
am Donnerstag spazieren,
am Freitag joggt er in den Wald,
am Samstag macht er Bodybuilding,
am Sonntag geht er stolz zur Kirche –
fit – gesund – schön und kräftig.

Pershing II und Cruise Missiles im Nacken,
und vis-à-vis die SS 20,
strotzt die Welt nur so vor Tod.
»Wird schon nichts passieren!«
waren seine letzten Worte.
Dann verschmorte er bei 10.000 Grad Celsius,
der faule Fatalist –
fit – gesund – schön und kräftig.

# Keine Zeit?

Am Morgen habe ich keine Zeit.
Am Abend muß ich Häusl bauen.
Am Sonntag fahren wir zum See.
Im Urlaub bin ich auf Korfu.
Die Erstkommunion überlasse ich der Mama.
Die Erstbeichte macht der Pfarrer schon.
Ich habe viel zu tun.
Den Kindern fehlt doch nichts.
Entschuldige –
aber ich hoffe, Du siehst das ein.
Keine Zeit – lieber Gott.
Warte noch ein Weilchen.

Eine Woche später
spielte die Musikkapelle
am offenen Grab
»Näher mein Gott zu Dir« –
etwas verspätet.

... dann geh' in die Ferne

Wenn der Lärm dieser Welt
dir die Ohren verschlägt
dann geh' in die Ferne
und schweig mit dem Abend.

Wenn der Tod dieser Welt
dir das Leben erwürgt
dann geh' in die Ferne
und atme das Leben.

Wenn die Gitter dieser Welt
sich rings um dich schließen
dann geh' in die Ferne
und wandere mit den Wolken.

Wenn der Ernst dieser Welt
jedes Lächeln zertritt
dann geh' in die Ferne
und lache mit der Sonne.

Wenn die Lieder dieser Welt
in den Kehlen vertrocknen
dann geh' in die Ferne
und sing' mit den Vögeln.

Wenn die Menschen dieser Welt
in der Kälte erstarren
dann geh' in die Ferne
und blühe mit den Blumen.

Wenn das Spiel dieser Welt
nur den Gewinnern erlaubt ist
dann geh' in die Ferne
und spiel mit den Kindern.

Wenn das Leben dieser Welt
soviel Tod produziert
dann geh' in dich selbst
und lebe in dir.

# Das Bild meiner Sehnsucht

Es ist schon gut,
so wie du bist.

Du bist
so liebenswert.

Ich gebe dich frei,
damit du werden kannst,
so wie du sein mußt.

Weil ich dich liebe,
nehme ich die Signale wahr,
mit denen du mir zeigst,
wer du wirklich bist.

Laß mir
meinen Traum
von dir.

Für mich
bist du
das Bild
meiner Sehnsucht
nach dir.

# Verbotene Liebe?

Ängstlich
krallen sich deine Finger
in meine Hand.
Du sagst
kein einziges Wort.

In dir
beginnt es zu regnen.
Deine Seele geht über
wie ein Stausee
und eine dicke Träne
macht sich selbständig.

Langsam,
ganz langsam
weint sie sich
die Wange hinunter
und stürzt ins unendliche Nichts.

Ein weißes Bachbett
durchzieht das Rouge deiner Wange.

Verbotene Liebe
hat dein Herz gewürgt,
der unterdrückte Schrei
hat dich zugeschnürt,
nur eine Träne
nahm sich die Freiheit.

# ... liebe ich dich

Nicht deshalb
und auch nicht weil
nicht wozu
und nicht wofür
ganz einfach so
ohne wenn und aber
liebe ich dich –
so wie du bist.

Meine Liebe
ist nicht NUR von dieser Welt.

Liebend ahne ich:
zu welcher Würde wir berufen
zu welcher Freiheit wir bestimmt
zu welcher Hoffnung wir befähigt sind.

Jenseits aller Angst
dieser Welt
liebe ich dich.

Meine Liebe ist
nicht VON
sie ist FÜR
diese Welt.

SIE IST VON GOTT.

# he look of

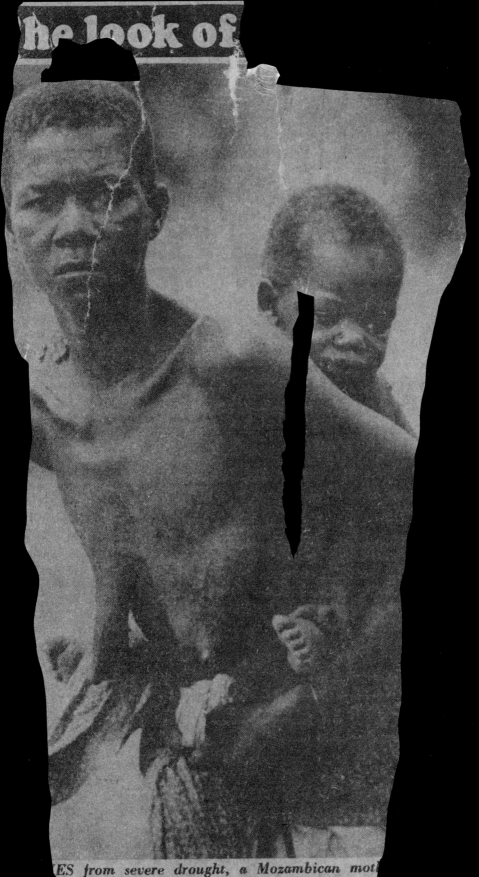

ES from severe drought, a Mozambican moth
Marymount Mission Hospital in Rushinga last
by Alexander Joe

# Laßt die Liebe Gottes Mensch werden

geboren –
im Stall

aufgewachsen –
auf dem Land

das Kind
armer Leute

gelebt –
im Widerspruch
zu den Mächtigen

gestorben –
am Kreuz

König –
ohne Staatsbegräbnis

Jesus
von Nazareth

mit IHM
ist die Liebe Gottes
Mensch geworden.
Damals in Bethlehem,
heute mitten unter uns.

Laßt doch
die Liebe Gottes
immer wieder
Mensch werden:
in unseren Herzen,
in unseren Familien,
in unserem Dorf,
in unserer Welt.

So wird sich
das Antlitz
der Erde
erneuern.

Links: Look of Starvation – auf der Flucht vor südafrikanischen Soldaten

# Zuneigung

»Mein Vater, du bist alt.
Du bist noch keine Fünfzig,
aber dennoch bist du alt.

Du gehst in keine Disco
und Michael Jackson
kennst du nicht.
Du kennst nur
Arbeit, Haus und Garten.
Du spielst nicht Fußball
und nicht Tennis.

Du läufst herum
in alten Hosen,
trägst keine Jeans
und auch kein T-Shirt.
Du glaubst dem Papst,
und die Politiker,
die wählst du auch.

Ach Vater,
du bist farblos
wie das Wasser,
und der Gesellschaft
Blödsinn
spiegelt sich darin.«

Und dann machte
der Junge
eine lange Pause,
schaute seinen Vater
etwas verstohlen
aus den Augenwinkeln
heraus an,
sein Gesicht
begann zu lächeln
und seine Augen wurden
eine Spur feuchter.

Da fiel der Sohn
seinem Vater
um den Hals
und sagte leise:

»Aber wenn
die Welt
zugrunde geht,
dann möchte ich
ganz dicht
bei dir sein,
Vater!
Und nur
bei Dir.«

# Mutterliebe

Schneeweiß ist dein Haar
wie Rauhreif im Dezember
durchfurcht dein Gesicht
wie müde Septembererde.

Und die Flügelspitzen
deiner Seele
zittern auch schon ein wenig
wenn du sie faltest
zum Abendgebet

Aber deine Augen
sind noch hellwach
funkelnd wie der Abendstern
aus wolkenlosem Himmel.

Und dein Lächeln
ist immer noch schön
erfrischend wie der Abendwind
an heißen Sommertagen.

Als wir noch Kinder waren
hast du uns auf Händen getragen
zärtlich umsorgt und geliebt.

Mutter, du hast so viel Liebe gesät –
Liebe wirst du jetzt ernten.

# Reisefieber

ER:

Ich habe
die Koffer
schon gepackt

Ich habe
die Landkarte
schon studiert

Ich habe
die Fahrkarte
schon gelöst

Ich habe
die Termine
schon abgesagt

Ich habe
das Visum
schon besorgt

Ich habe
die Freunde
schon verabschiedet

SIE:

Du übertreibst
ein wenig
mein Freund

Ich wohne
doch nur
im zweiten Stock

# Der Schrei

Die Sprache der Blicke
blieb unverstanden
und der Ton der Stimme
blieb ungehört.

Die Stimme der Sehnsucht
blieb unverspürt
und das Lächeln der Augen
blieb unbeachtet.

Die Melodie des Körpers
blieb unbegriffen
und der Händedruck
blieb in den Armen stecken
und die Träne
blieb ungeweint.

»Scheiße«, stampfte er laut.

Da stockte dem anderen
plötzlich der Atem
und es sprangen ihm
prompt die Augen auf.

Jetzt erst hat er
dein Schweigen begriffen.

# Ich hätte so gerne JA gesagt...

Du hast mich mit deinem Lächeln umsponnen
du hast mich in deiner Zärtlichkeit gebadet
du hast mich mit deiner Wärme getrocknet
du hast mich mit deinen Flügeln gestreichelt
du hast mich auf deinen Händen getragen
du hast mich in deinen Himmel mitgenommen
ohne mich zu fragen

Weißt du
ich hätte
so gerne
JA gesagt

# Die Rache

Komm,
du wirst
müde sein,
ich habe
ein Stück
Schlaflosigkeit
für dich.

Komm,
du wirst
durstig sein,
ich habe
ein paar
Tränen
für dich.

Komm,
du wirst
hungrig sein,
ich habe
brotlose
Tage
für dich.

Komm,
du wirst
einsam sein,
ich habe
einen letzten
Abschied
für dich.

Ich weiß,
mein
Freund,
du
magst
das
gerne.

Sonst
hättest du
es
mir
gestern
nicht
serviert.

# Mörder und Umgebung

Sie haben ersucht und gebeten
sie haben geredet und gefordert
sie haben geflucht und geschrien
sie haben protestiert und demonstriert
sie haben die Gesellschaft verdammt
die Jungen der Sechzigerjahre.

Wir haben weiter Waffen geschmiedet
wir haben weiter Atombomben gebastelt
wir haben weiter Vernichtung produziert
wir haben weiter Millionen gestohlen
wir sind weiter auf freiem Fuß
wir sind die Gewaltigen der Gesellschaft.

Wir sind erschüttert über den Schuß
Wer hat die Waffe erzeugt?
Wir sind bestürzt über die Kaltschnäuzigkeit
Wer hat Verzweiflung und Haß gesät?
Er hat einen Menschen umgebracht
Hat sonst noch wer Leben getötet?

Nicht nur der Mörder
ist die Katastrophe,
sondern eine Gesellschaft,
in der Menschen
zu Mördern
werden.

# Menschwerdung verboten

MENSCH
du bist doch
so einmalig
deine Stimme
deine Augen
dein Gesicht

niemand redet
wie du
niemand lächelt
wie du
niemand liebt
wie du

Wenn einer von uns wirklich Mensch wird,
gerät der Rest der Welt in Aufruhr.
Darum ist uns die Schablone heilig:
»Was würden da die anderen sagen?«

Wenn einer ganz er selber ist
und sich nichts schert, was »man« so sagt,
wenn einer seine Menschlichkeit
zutiefst und ehrlich lebt,
wenn einer in sich selber horcht
und seiner inneren Stimme folgt,
dann wenden sich die »Freunde« ab,
dann paßt er nicht mehr ins System.

Wenn einer innere Stärke zeigt,
geradewegs und ganz direkt,
dann ist er nicht mehr tragbar hier.

Pharisäisch heißt es dann:
»Was uns're Ruhe störet,
gestatte nicht, o Herr.«

Wenn einer Mensch wird durch und durch,
dann ist er Gottes Sohn
und unberechenbar.

Derweil die Menschen weiterdösen,
erklär'n sie ihn zum Superbösen
und legen ihn aufs Kreuz.

Du bist so einmalig –
WERDE, WAS DU BIST.

Rechts: »Die Frau im Islam«, Marokko

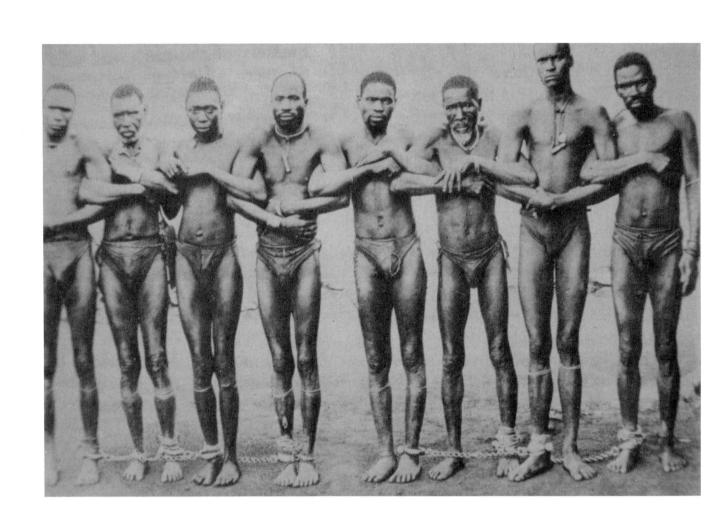

# Gesprengte Ketten

Wir haben die dunklen Wolken zerrissen
Wir haben die quälenden Ängste verjagt
Wir haben die schmerzenden Ketten gesprengt

Die Kollegen haben uns Mut gemacht
Die Sehnsucht gab uns den Widerstand
Die Hoffnung gab uns den Mut zum Streik

Gemeinsam haben wir »NEIN« gesagt
und unsere Arbeit verweigert
Es lebe die Solidarität

Am nächsten Tag kam die Polizei
Sie hat uns in Ketten gelegt
und auf die Kumpel geschossen

Die Träume wurden festgenommen
Die Hoffnungen kriegten Dunkelhaft
und Hausarrest die Utopien

Eines Tages
kommen wir wieder –
gewaltlos und frei

# Die Wendehälse

Er flog eine Sondermaschine
vom Typ Boeing 767.
Sie rollten den roten Teppich aus
und spielten die Landeshymne.
Der Diktator wurde umarmt und geküßt,
Geschäfte wurden gemacht
und Verträge unterzeichnet.

Auch bekam er den Orden
der westlichen Freiheit
auf seine stolze Brust geheftet.

Herrscher stehen immer
auf seiten der Herrscher.
Doch zu Hause
hungern und frieren
die Menschen.

Alle haben es gewußt,
keiner hat was gesagt,
außer manchmal ganz leise:
»Na so was!«

Als dann plötzlich
das Volk den Mächtigen
vom Throne stieß
und in die Hölle fahren ließ,
da verkündeten stolz
die anderen Herrscher:
»Wir war'n ja schon immer
auf seiten des Volkes!«

Und sie ließen die Völker spenden,
was der Herrscher dem Volke gestohlen –
und schon sind sie wieder voll drauf.

# Hosianna-Gedanken

Jesus zog nicht **nach** Jerusalem,
so wie man **nach** Mallorca fährt,
sondern **gegen** die Hauptstadt,
dem Zentrum der Macht,
der gottlosen Gesetze und der Korruption. –
Und das auf einem Esel. –
Hätte er nicht wenigstens
ein Pferd nehmen können?
Der Esel war das Transportmittel
der armen Leute.
Auf einem Esel reiten hieß,
Frieden im Sinn haben.
Rösser sind zum Kriegen da.

Und die begeisterten Menschen
legten ihre Kleider auf den Weg,
so daß er darüber schreiten konnte.
Einem König die Kleider
vor die Füße legen
heißt gewissermaßen,
sich selber ihm zu Füßen legen,
ihm total untertan zu sein.

Hütet euch vor jubelnden Massen.
Wer nach einem Führer schreit,
ist zu allem fähig.
Ob sie nun Michael Jackson,
dem Papst oder Hitler zujubeln,
im Handumdrehen schreit dieselbe Menge
»kreuzigt ihn«.
Damals schrien sie Jesus zu:
»Hosianna«, auf deutsch:
»Wirf die Römer aus dem Land.
Wir brauchen keine Besatzungsmacht«.
Das war der Ruf der Befreiungsbewegung,
der Zeloten.
Jesus verweigerte jede Art von Gewalt.

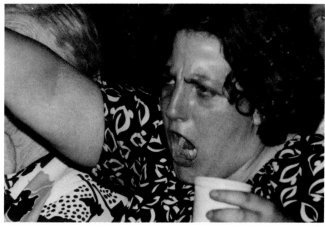

Und die Stadt geriet in Aufregung, heißt es.
Wegen eines Zimmermannes auf einem Esel,
der durch seine klare Entschiedenheit
die Massen bewegt.

»Wo kommt er her?« – so fragen die Mächtigen.
»Aus Galiläa«, bekannt und gefürchtet
als Ausgang und Zentrum
der Befreiungsbewegung.

»Ich gehe euch voraus nach Galiläa«,
sagte Jesus seinen Jüngern
kurz vor seinem Tod
über sein Leben danach.

»Ich gehe euch voraus in die Befreiung,
in den Widerstand gegen jeden Tod,
in die unendliche Freiheit,
ich gehe euch voraus in das todlose Leben.«

# Auferstehung

Steh auf
wenn dich etwas
umgeworfen hat
wenn sie dich
erniedrigt haben
wenn sie dich
verworfen haben –
auch das ist
Auferstehung.

Steh auf
wenn du meinst, es
geht nicht mehr
wenn du
niedergeschlagen bist
wenn sie dich verraten
haben –
auch das ist
Auferstehung.

Steh auf
wenn du unendlich
müde bist
wenn sie dich aufs
Kreuz gelegt haben
wenn sie dich
begraben haben –
auch das ist
Auferstehung.

ER ist auferstanden
nachdem sie ihn
verlassen, verraten,
verkauft haben,
gefoltert, gekreuzigt
und getötet.

Auferstanden im
Volk:
CHRISTUS,
Gandhi und King
Romero und der
Widerstand
gegen jeden Tod.

Nur wer stirbt,
wird auferstehen.
Was tot ist,
das ist tot.
Wir sterben,
um zu leben.

Wer in den Herzen
der Menschen lebt,
wird in den Herzen
auferstehen.

Wer in Gott lebt,
wird in ihm sterben
und in GOTT
auferstehen –
hinein ins todlose
Leben.

# Ostern

Zum Absturz gezwungen
hat ER durchgestartet.

Laßt die Flügel nicht hängen –
der Bodenkontakt war nur vorübergehend.

Das Leben ist stärker als der Tod.
Die Liebe ist stärker als die Macht.

Das letzte Wort hat nicht das Grab,
sondern die Verklärung.

Das letzte Wort wird in Galiläa gesprochen
und nicht auf Golgotha.

Das letzte Wort hat die Hoffnung
und nicht der Tod.

Das letzte Wort haben die Liebenden
und nicht die Hassenden.

Das letzte Wort hat die Barmherzigkeit Gottes
und nicht das Jüngste Gericht.

Das letzte Wort hat das ewige Leben. –
Das letzte Wort ist noch nicht gesprochen.

# Stachelige Welt

Nimm Platz mein Boy
und ruh dich aus;
aber gib acht
auf deinen kleinen Hintern,
unsere Welt ist stachelig.
Du darfst sie nicht
hart anfassen,
nur ganz behutsam.

Weißt du,
und manchesmal
blüht sie ganz wunderbar,
unsere Welt,
die stachelige.

# Guten Morgen AFRIKA

*Junge Afrikanerin,
reiß die Vorhänge beiseite –
draußen ist es schon hell.*

*Das Land gehört wieder dir.
Die Flüsse haben schon
das Blut der Befreiungskriege
ins Meer geschwemmt.*

*Die Zeit der Unterdrückung
ist zu Ende.
Es ist Zeit,
zu säen.*

# ÖOV –
# Österreicher ohne Verantwortung

Aber es ist doch alles gesetzlich geregelt,
aber es ist doch alles in Ordnung.
Wir haben gültige Verträge in Händen.
Wir sind im Recht.
Was wollt ihr denn?
Der Staat ist auf unserer Seite
und die Kirche auch.
Zwei mal zwei ist vier –
gezählt wird nur bis drei,
wer weiterzählt, ist selber schuld.

Wir bohren und wir betonieren,
wann und wo immer wir wollen,
wir lassen leben und sterben,
und alles bleibt im Rahmen.

Nur ihr seid ungesetzlich!
Es leben Recht und Ordnung!
Fakten sind eben Fakten
und die Schwerkraft der Verhältnisse
ist auch auf unserer Seite –
kaltschnäuzig und beinhart.

Wenn das so ist,
dann möchte ich eine Welt,
in der zwei mal zwei nicht mehr vier ist,
in der ich geistig nicht nur bis drei zählen darf,
sondern weiter.
Die Zukunft wird dem Leben gehören.

Eines Tages blühen wieder Blumen über eurem Beton,
zirpen Grillen gegen eure Bagger,
flüstern Käfer gegen eure Laster,
und über euren giftigen Emissionen
lacht bunt und schön
unser Regenbogen.

# Sokrates

»Wir schulden dem Asklepios noch einen Hahn.«

Wir schulden Gott noch ein Gebet
dem Bösen noch einen Widerstand
dem Guten noch eine Tat
der Vergangenheit noch eine Vergebung
der Gegenwart noch eine Zustimmung
der Zukunft noch eine Hoffnung.

Wir schulden dem Feind noch eine Verzeihung
dem Freund noch eine Umarmung
den Lebenden noch eine Solidarität
den Toten noch einen Respekt
den Menschen noch einen Traum
und Gott noch ein Dankeschön.

# Johannesburg

Johannesburg, Johannesburg,
du weißgetünchte Sünde
aus Gold und Edelsteinen,
schmutzige Festung
schwarz-weißer Apartheid.
Wie oft wollte ich alle Rassen
in deinen Mauern sammeln?
Aber du hast nicht gewollt.

Dein Hochmut wird zerfallen
und dein Stolz in sich zusammenstürzen
wie die Mauern von Jericho,
und deine Hilferufe
werden ungehört
im afrikanischen Busch
verhallen.

Und alle Welt wird sagen:
»Ich kenne dich nicht!«

# *Die Übergabe*

*Schon gut,
ich ergebe mich
Dir.*

*Ich lege Dir
meine spitze Feder
zu Füßen.*

*Ich lege
meine Stich-Worte
in Deine Hände.*

*Ich blase
meine Gedanken
in den Wind.*

*Ich entwaffne
meine Gedichte
auf der Stelle.*

*Also gut,
ich übergebe
mich Dir.*

*Aber
was
machst Du
jetzt
mit mir?*